カラスのラスカはスからでて
京・洛西 四季おりおり

詩・絵 みかみ さちこ

海青社

もくじ

秋

冬

はじめに

カタクリの群生地にギフチョウが舞い、大原野の里には原種の
フジバカマにアサギマダラが飛来。街の中を流れる小畑川は、長年
のボランティア活動でゲンジボタルが舞う川によみがえりました。

京都、洛西ニュータウンは西山のすそ野にひろがる自然豊かな街
でわたしたち夫婦はこの地をついのすみかときめました。

造成から約半世紀となる街の公園や緑道、主な通りには多種多様
な樹木が成長し、今では多くのいきものが共存しています。

ケヤキとイチョウ並木がつづく新林本通りは『街路樹全国100選』
に入り「洛西けやき通り」の愛称で親しまれています。また珍木
の「ナンジャモンジャ」も多く、毎年GW前後には純白の花がいっ
せいに開花し、雪がふりつもったような景色になります。

この街もいま、少子高齢化がより深刻になっています。また地球
規模の気候危機も他人事でなくなりました。

わたしたちのふるさと、洛西ニュータウンの緑や多様なイノチの
輝きが未来を背負う世代に受けわたされていくことをせつに願っ
ています。

春

花びなの客人（まろうど）

のはらは　もう春　ひかり満ちあふれ
花びなは　座したもう

チョウチョの客人（まろうど）　やってきた
ハチの客人（まろうど）　やってきた
テントウムシの客人（まろうど）　やってきた

はるかぜにのり
揚（あ）げヒバリ　名のりいで
うたうよ
スプリング　ラブ・ソング

註　客人：お客さま

 エコの目ネコの目カラスの目

3月3日は女の子の成長をねがう桃の節句。戦時中、疎開先で母や弟妹たちと段びなを飾った遠い日のはなやぎがよみがえる。当時を思い出し花びなや紙びなを手づくりし、今でもささやかなひな祭りを楽しんでいる。桃の節句は老女が乙女にタイムスリップできるスペシャルなひととき……。

ラクサイサクラで春がきた

サクラ　サクラ　ラクサイサクラ
上から　みおろす　ラクサイサクラ
下から　みあげる　ラクサイサクラ

ラクサイサクラ　ラクサイサクラ
ラクサイサクラの美女競べ

ラクサイサクラ　ラクサイサクラ
ラクサイサクラは　花ざかり

ラクサイサクラ　ラクサイサクラ
ラクサイサクラで　春がきた

註　回文：ラクサイサクラ

 ## エコの目ネコの目カラスの目

洛西ニュータウンには、多種のサクラが植えられ、3月〜4月はサクラのコンテストのよう。トップはカンヒザクラやシナミザクラ。待ちに待ったソメイヨシノの後もさまざまな桜が個性を披露。ウコンやフゲンゾウなどの里桜が舞台に有終の美を飾り、珍木のナンジャモンジャにバトンタッチ。「らくさい　さくらまつり」で街は一気に春が。

バンの子そだて

バンの親
ヒナよぶこえの　やさしかり
こもりうたごと　心ぬくもる

バンの親
ヒナまもるため　たちむかう
ヘビや　カラスや　ノラネコに

バンに教わる　子そだての極意(ごくい)

 エコの目ネコの目カラスの目

新林池公園にはクイナ科の「水鳥バン」が飛来。
ハトと同じぐらいの大きさだ。春先にはヒナが誕
生。若鳥に育つのは1〜2羽。天敵に立ち向かう
親鳥の姿に圧倒される。以前、京都新聞社の記者
がバンの子育てシーンを現場で撮影。翌日の紙面
を飾った。

ケリ　ケリ　ケケリ　ケケリ　ケリ

ケリ　ケリ　ケケリ　ケケリ　ケリ
田んぼの茂みに　ケリの巣ありケリ

ヒナまもるため
ママ友共闘
カラスと決闘

うちまかしケリ
うちまかしケリ

うれしかりケリ
うれしかりケリ

 ## エコの目ネコの目カラスの目

洛西ニュータウン周辺の田んぼでは春になるとケリがヒナを育て、群れで飛ぶときは「ケリケリケリ」とおおごえで鳴きながら新林池公園や住宅の屋根に姿を見せる。天敵はカラスやトビなど。天敵との空中戦に行きあわせた時、わたしは「がんばって！」と地上から応援。

タケノコ　ノッコリ

大やぶ小やぶの　竹の里
タケヤブヤケタ　そのあとに
タケノ　コノコが　かおだした

ノコノコ　ノッコリ
ノコノコ　ノッコリ

タケノ　コノコノ　コノコノコ
タケノ　コノコノ　コノコノコ

ノコノコ　ノッコリ
ノコノコ　ノッコリ

「あっ　かぐやひめこ！」

 エコの目ネコの目カラスの目

洛西地域は竹の子の産地としても知られている。竹林公園にはエジソンが発明した竹製のフィラメントの電球が展示され庭園には外国の竹も。数年前には竹の花が開花して話題になる。町名には「西竹の里町」や「東竹の里町」があり、京都市西京区のユルキャラは竹に因んだ「たけにょん」が地域の人々に親しまれている。

ツクシの坊さま

土手にならんだ　ツクシの坊さま
ぎょうれつつづく　しゅくしゅくと

さとりひらいた　ツクシの坊さま
ぎょうれつつづく　しゅくしゅくと

高僧のおすがた拝し　ありがたや

 エコの目ネコの目カラスの目

春の風物詩のツクシもなかなか見かけなくなった。
土手や田のアゼや思いがけない場所でツクシの行列
に出会った時は、もう、ドキドキワクワク！ ハカマ
をとりのぞき卵とじにすると、からだ中が「春」に
なり元気がわいてくるからフシギ。

タンポポのロックフェス

春ののはらに
おひさま　おっこち
そこいらじゅうが
タンポポ　ポポポ
タンポポ　ポポポ

エレキギターの　イケメンタンポポ
ドラムたたくは　おじいのタンポポ
のりのりボーカル　金髪タンポポ
サビをきかせて　しびれるぜ
ロックフェス　ただいま　最高潮！

タンポポ　タンポポ　ポポンタ　タン
タンポポ　タンポポ　ポポンタ　タン

 エコの目ネコの目カラスの目

外来種のセイヨウタンポポと在来種のカントウタンポポが、し烈な生存競争をくり広げている。春のひと日、両者休戦して和やかにロックフェスティバルを開催。野原をさんぽしているあなたの耳にもロックの心地よいリズムがきこえるかしら。

ダンゴムシって

ダンゴムシって　仲がいいんだネ
あさでも　ひるでも　くらいよるでも
あたま　くっつけあって
「モニャ　モニュ　モニョ」
「モニャ　モニュ　モニョ」

なんのそうだん？

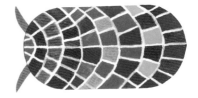

ダンゴムシって　マホウつかいだネ
いやなヤツに　であうと　たちまち
からだをまるめて　ボールにヘンシーン

あったま　いいなあ！

 エコの目ネコの目カラスの目

どこでも見かけるダンゴムシ、土の上でも土の中でもいつも群がっているダンゴムシ、夏やさいのやわらかな芽にたむろしているので犯人あつかいしたけれど、彼らの行動を見ているうちに感心することしきり。

カラスのラスカはスからでて

カラスのラスカはスからでて
でんしんばしらの　てっぺんで
おひさん　おがんで　うたいだす

 カカアカアカア　カカアカア
 コロナ退散四箇条
 <small>たいさんよんかじょう</small>
 手あらい　マスク　へや換気　三密さけよう
 カカアカア

カラスのラスカはスからでて
あまびえのふだ　みんなにくばる

🐦 エコの目ネコの目カラスの目

洛西タカシマヤ店の近くの竹ヤブや新林池公園にはハシブトカラスが多く見られ、朝いっせいに西山方面に出勤（?）し、夕方には三々五々棲家へ。人間には害鳥よばわりされるカラスは頭もよく、ウオッチングするほどにユニークな面を発見。目がはなせない鳥のよう。

夏

ナンジャモンジャの花さけば

初夏（なつ）に雪ふる　わが街よ
花の雪ふる　わが街よ
ナンジャモンジャの　雪花（ゆきばな）が
おちこちさくよ　わが街に

ナンジャモンジャの　花さけば
ひとびとつどい
一期一会の　祝杯あげよう
ひと日　ひととき　生かされ感謝

初夏（なつ）に雪ふる　わが街よ
ナンジャモンジャの　花さけば
ひとびと笑（え）まう　ひとびと笑（え）まう

註：珍木のナンジャモンジャはモクセイ科の
　　ヒトツバタゴが正式な名。
　　洛西ニュータウンには 100 本以上も
　　植栽されている。
　　秋、青黒く熟れた実は野鳥が好む。

 エコの目ネコの目カラスの目

満開の頃、太陽がまだ顔をださない早朝、樹の下
にいくと白いせんさいな花が雪びらのように舞い
おりる。地面はうっすらと白くなり、ひととき
淡雪のような幻想的なけしきに。
令和 5 年の GW には「ナンジャモンジャの夕べ」
が開催された。

絵本の中のピーターうさぎ

絵本の中の　ピーターうさぎ
ときどき　ぬけだし　はらっぱへ
けさもでかけて　いきました

わたしが　ねむっているうちに
ぬきあし　さしあし　絵本のなかへ

草のかおりの　ピーターうさぎ
まくらもとには　野の花が……

 エコの目ネコの目カラスの目

「あっ、ピーターラビットだ！」だあれもいない
新林池公園で一羽のウサギが草を喰んでいた。も
しかしてと、近くの幼稚園や保育所・小学校に連
絡したが手掛りなし。気がつくとウサギの姿もき
えていた。
「ああ　やっぱり！」

ヒシヒシ　ビッシリ

ヒシヒシ　ビッシリ　ヒシ　ビッシリ
きてみて　ビックリ　ヒシ　ビッシリ
池の水面（みなも）を　ヒシおおう

アカミミガメが　いうことにゃ
ちきゅうが発熱　ま夏日つづき
日よけぼうしを　かぶったのさ

蛙の蕉翁（しょうおう）　まずは一句
（古池や蛙（かわず）とびこむすき間なく）

水面（みなも）はいちめん　緑のステージ
バックコーラス　セミの楽団
チョウやトンボも　舞いいだし
水鳥かろやか　タップふむ

ヒシヒシ　ビッシリ　ヒシ　ビッシリ
池の水面（みなも）をヒシおおう

註：蕉翁は俳聖の松尾芭蕉

 エコの目ネコの目カラスの目

例年、夏が終わる頃ヒシは枯れ始め、業者による
ヒシの除去作業が行なわれる。小舟を操りながら
ヒシの状況を点検。据えつけた機械でヒシを巻き
取っていく作業が3日程続く。
ヒシが無くなり水面がサッパリする反面、トンボ
天国が姿を消し一抹のさびしさがただよう。

ネムの花の子もりうた

夏のゆうぐれ
ネムの花は　ひらきます
うす紅いろの　花糸たてて
「おねむりなさい」と　いうように

夏のゆうぐれ
ネムの葉っぱは　ねむります
さららん　さららん　葉っぱをとじて

ネムの花の子もりうた

♫

　　ねんねんころりよ　ねんころり
　　ねんねの森には
　　金の夢ふる　銀の夢ふる
　　ねんねんころりよ　ねんころり
　　　　　　　　　　　　　　　♪

 エコの目ネコの目カラスの目

夜8時をすぎる頃には小畑川から舞い上がったゲンジボタルが川べりのネムの大木の枝々に移っていく様は能の一場面のような幽玄のひとときに……。

七夕は梅雨のない８月７日に！

サギ　サギ　カササギ
カササギ　とんだ

ささかざり　しょって
天の川　めざし
カササギ　とんだ

おりひめ星の　ところまで
うしかい星の　ところまで

星合いの空の　かなたまで
星合いの空の　はてまでも

註　おりひめ星：こと座のベガ
　　うしかい星：わし座のアルタイル

 エコの目ネコの目カラスの目

ボランティア仲間で星に関心のある人たちが一品持ち寄り大原野の里のＥさん宅の庭に集い、暮れなずむ街の灯をみながら楽しく会食。それぞれマットにねそべり星空を眺める。
天空のおり姫星やひこ星に想いを馳せる極上のひと時……。西山に沈みゆく星ぼしのまたたきも神秘的で宇宙からのメッセージを胸に帰路につく。

カワセミは小さな王さま鳥

カワセミは　小畑川（かわ）の　小さな王さま鳥
ふるさとの　小畑川（かわ）とぶ　宝石鳥
しあわせをよぶ　青い鳥

カワセミは　小畑川（かわ）の　アイドルバード
わたしたちの街の　シンボルバード

カワセミは　小畑川（かわ）の　小さな王さま鳥

 エコの目ネコの目カラスの目

カワセミは小畑川や大蛇ケ池公園、新林池公園などでも巣を造り、カワセミファンのバードウオッチャーもふえているよう。近隣からも大きなカメラで「この一枚！」をねらうグループもあり川にひととき歓声が……。

カヤネズミは一級建築士

小畑川のカヤ原　カヤネズミ
おやゆびサイズの　カヤネズミ

ECO住宅は　お手のもの
カヤぶき住まいは　夏すずしくて冬あったか

カヤぶき一級建築士
かやぶき技能士　カヤネズミ

いちどあいたい　カヤネズミ
おしえ乞いたい　カヤネズミ

カヤ　カヤ　カヤ原
小畑川のカヤ原　カヤネズミ

 エコの目ネコの目カラスの目

「小畑川にカヤネズミの巣！」のニュース。さっそく本物の巣を見にいった。カヤ（ススキ）などで編んだ手の平サイズの巣を見ているとミニミニサイズのカヤネズミを想像してうれしくなった。「はやく会いたいカヤネズミくーん」

いも虫　ポックリコ

♫
　　　いも虫　ごーろごろ
　　　ひょうたん　ポックリコ
　　　　　　　　　♫

月曜日　アロハきて　いも虫　畑にやってきた
火曜日　やさいバリバリ　大食漢（たいしょくかん）
水曜日　日がな一日　くっちゃ寝くっちゃ寝
木曜日　よっちらよっちら　木のてっぺんへ
イナバウアーやら　イナイイナイバァ
金曜日　とくい顔の　イモ虫へいざえもん
へいの上を　TOKO TOKO と
土曜日　へいからおっこち　ご臨終（りんじゅう）
日曜日　いもむし昇天（しょうてん）　ナンマイダ

♫
　　　いも虫　ポックリコ
　　　ひょうたん　ごーろごろ
　　　　　　　　　♫

 ## エコの目ネコの目カラスの目

いも虫が「ガ」の幼虫ときいただけで毒ガをイメージしてしまうけれどチョウやハチのそっくりさんがいたり、蛇（じゃ）の目もようを借りて敵をおどしたりとユニークな「ガ」の世界を知れば知るほど、ますますハマってしまいそう。

なんきんはぜの川そうじ

桃・栗3年、柿8年
川のそうじは20年
なんきんはぜの　川そうじ

おとなもこどもも　気合い入れ
きょうは自転車　ひきあげだ
ウントコドッコイ　エーンヤコラ！

ざんざ雨も　なんのその
ＯＮマジック　となえれば
（オーエヌ）
たちまち空は　ハレルーヤ
「プラゴミのがすな！」　合いことば
なんきんはぜの　川そうじ

ホタル舞いまう　小畑川
　　　　　　　　（おばたがわ）
ホタル舞いまう　小畑川
　　　　　　　　（おばたがわ）

りゅうぐう城から　カメもきて

註：ＯＮマジック
　　Ｏ（オー）：小畑川
　　Ｎ（エヌ）：なんきんはぜの会

 ## エコの目ネコの目カラスの目

令和4年で20年の節目を迎えた「なんきんはぜの会」のボランティア活動は、川そうじのノウハウをもつ女性たちが中心に運営され、境谷小学校の先生とこどもたちや洛西高校・経短の学生も参加。ティータイムは名物「大根焼き」や手作りお八つで盛りあがる。川の中のゴミを拾う活動で小畑川はよみがえりゲンジボタルが舞い、今では洛西ニュータウンの夏の風物詩の一つに。

せっせっせ　パラリとせ

せっせ　せっせと　ヒトごみすてる
せっせ　せっせと　ヒトごみひろう

せっせ　せっせと　ヒトごみすてる
せっせ　せっせと　イヌごみひろう

せっせ　せっせと　ヒトごみすてる
せっせ　せっせと　ヒトごみすてる

せっせ　せっせと　ごみ　ヒトすてる
せっせ　せっせと　ごみ　ヒトすてる

♫　せっせっせ　パラリとせ　♫

むかし　汚れ川　いま　ホタル川

 エコの目ネコの目カラスの目

川の中のごみ拾いをしているなんきんはぜの会の
活動を見ていた散歩中のミニチュア・シュナウザー
犬が飼い主の合図で水中にとびこみ、ペットボト
ルを次々と拾いあげ、居合わせた人も思わず拍手。
「ランディ君ありがとう！」
飼い主のSさんは犬と小畑川を散歩し、景観や人
との出会いを楽しんでおられるとのこと。

野の花　したたかにしなやかに

ちいさな　野の花が
道ばたや　空き地で
イノチを　かがやかせている

雑草とよばれ　踏みしだかれ
ひっこぬかれても

したたかに　しなやかに
イノチを　つないでいく

野の花

 ## エコの目ネコの目カラスの目

土手や草むらに目を凝らせば、やさしいピンク色
の花の群れ咲きが。東女のヒメオドリコソウ、京
女のホトケノザ、両者し烈な生存競争のただなか
だけど、インタビューすれば予期せぬ本音が聞け
るかも。
　東女：あずまおんな
　京女：きょうおんな

チョウトンボ

あおいハネもつ　チョウトンボが
水辺の草に　とまっている
まるで　リボンをむすんだよう

チョウトンボは
あの青い空から　うまれたのかしら

 ## エコの目ネコの目カラスの目

新林池公園には「池公園を愛する会」「チョボラ」
など、多くのひとたちが掃除を受け持ち、池公園
内は明るい雰囲気に。
ヒシが姿を消したあとには、花咲かじいさんが植
えた一株のハスが繁茂して今では「ハス池公園」
となり、人々はフジバカマやハスの花時を楽しみ
にしている。

カラスのラスカはスからでて……

カラスのラスカはスからでて
お日さんおがんで　とびたった

あまびえのふだ　どっさりこ
のこったおふだ　回収す

カカアカアカア　カカアカア
ああ　いそがしい　いそがしい

カラスのラスカはスからでて……

 エコの目ネコの目カラスの目

令和5年5月から、コロナは2類から5類になり、マスク着用が個人の判断に委ねられることに。高齢者などへの配慮は必要なので「脱マスク」の社会になるには時間がかかりそう。コロナウイルスは決してあなどれない。

秋

カラスウリの実は

まっ赤に熟^うれた　カラスウリの実は
リスや　のねずみの　サンドバッグかな

まっかに熟^うれた　カラスウリの実は
虫たちの　おひるねのマクラかな

今夜は
めでたい　キツネのヨメいり
行列の足元を照らす　チョウチンかな

まっかに熟^うれた　カラスウリの実は

 エコの目ネコの目カラスの目

夏の夕暮れ時、わたしの胸は高鳴る。カラスウリの
白いレースの繊細な花が開いてゆく幻想的なひととき……。秋、思いがけない所で出会ったまっ赤な実。
カラスウリには二つの小さなドラマが……。

さるがきた

さるがきた　　さるがきた
サルトリイバラの冠つけ
サルトリイバラの　実を喰みながら

さる日
さる時
さるがきた
と
サルスベリの木の　佐留利理氏

見ざる
言わざる
聞かざるが
うす目をあけて　見てござる

註：サルトリイバラ
　　春　関西では、ちまきをこの葉で
　　　　つつむところも……。
　　秋　赤い実はクリスマスの飾りに。
　　サルスベリは夏から秋にかけての
　　花期が長いので、別名「百日紅」

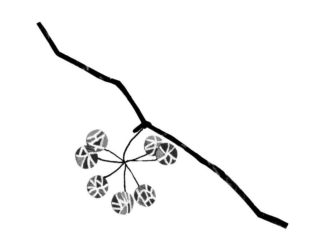

 ## エコの目ネコの目カラスの目

数年前、わが家の庭に突然サルが……。新林池公
園のトチやクリの実、ドングリなどを食べ近所の
畑も被害に。早速「サルに注意」の看板が設置さ
れた。山ではドングリなどの木の実が不作だった
のだろうか。

マイマイのバイバイ

このところ　ま夏日つづいた　秋バテだ
舞い舞いつかれた　マイマイ
「 もう、舞うまい 」

秋のひよりに　マイマイ
舞いもまわずに　マイマイ
「 ひとあし　おさきに　ごめんやす 」

何より大切　ふたりのしあわせ
何より大切　ふたりのけんこう

「 オーマイダーリン！ 」
「 オーマイダーリン！ 」
たがいによりそう　マイマイ
「 ひとあし　おさきに　ごめんやす 」

マイマイの　冬じたく
マイマイの　バイバイ

 エコの目ネコの目カラスの目

カタツムリ（マイマイ）の姿をほとんど見なくなった。偶然アジサイならぬイチジクの葉の上でしかもカップルでお目にかかれるなんて。

アサギマダラよ

覚悟(かくご)きめ
公海　領海　チョウ然と　群(むれ)なして
アサギマダラは　海わたる

小さなからだに知力、体力、行動力秘めた
ミステリアス・バタフライ

美(うま)し国の　フジバカマの花に酔(よ)い
なに想う

あさきゆめみし　アサギマダラよ

 エコの目ネコの目カラスの目

原種のフジバカマをふやし、渡りチョウのアサギ
マダラを呼ぼうという活動が広がっている。新林
池公園にもフジバカマが咲き始めると、数年前に
は 30 頭ほどのアサギマダラが飛来し頭上を乱舞。
人びとは歓喜し、わたしも夢中でカメラのシャッ
ターを押し続けた。

ドングリ坊やがおっこちて

ドングリ坊やが　おっこちて
ブッカラドンガラ　おおさわぎ

「ぼくのぼうしが　まいごになった！」
「ぼくのぼうしが　みつからない！」

あっちでも　こっちでも……
ブッカラドンガラ　おおさわぎ
ぼうしはどれも　おんなじかたち
ぼうしはどれも　おんなじ色目
あたまかかえる　ドングリ坊や

つるべおとしの　秋の暮れ

 エコの目ネコの目カラスの目

洛西ニュータウンの公園や緑道にはアラカシやシ
ラカシをはじめドングリのなる木が数多く植えら
れ、秋になると近隣の幼稚園や保育園のこどもた
ちが送迎バスで訪れ、公園には歓声がひびく。

クマさんクマさん

クマさん　クマさん　まわれ右
ここはふたまた　わかれ道
右手はジゴクの一丁目
一丁あがれば　弾薬倉庫
スズメノテッポウで　うたれるよ

クマさん　クマさん　まわれ右
ここはふたまた　わかれ道
左手ジゴクの三丁目
三丁さがれば　武器倉庫
スズメノヤリで　突かれるよ

クマさん　クマさん　ごめんなさい
里山こわして　ごめんなさい

クマさん　クマさん　まわれ右
クマさん　クマさん　さようなら

 ## エコの目ネコの目カラスの目

近年、西山や桂坂にもクマ出没の情報があり住民
も不安をつのらせています。開発や地域の高齢化・
過疎化で里山が減少し、木の実などの食べものが
少なくなると人里に下りてくる動物たち。人間と
獣の距離が近くなり、トラブルもひん発。クマが
いなくなると生態系にも影響が……。

曼殊沙華（ヒガンバナ）

あぜいちめんに
かがり火の燃ゆ　曼殊沙華

花は　葉知らず
葉は　花知らず
わかれわかれの　フシギな運命

"曼殊沙華
摩訶曼陀羅華
曼殊沙華
摩訶曼陀羅華
曼殊沙華"

ああ　曼殊沙華

 エコの目ネコの目カラスの目

秋の彼岸頃、大原野の里に足をふみいれるとそこはいちめん黄金の垂穂の波にまっかな曼殊沙華の花がアクセントになって……。
日本の原風景が広がっていました。

大売りだしだよまけとくよ

大原野の里　きてみれば
ススキ　エノコロ　アワダチソウ
大売りだしだよ　まけとくよ

シッポなくした　こぎつねくん
ススキのシッポが　おにあいよ

いじめられっこ　さるくんは
エノコログサの　ヒゲがおすすめ

金髪うすい　ライオンパパに
アワダチソウの　ウイッグいかが

大原野の里　きてみれば
ススキ　エノコロ　アワダチソウ

大売りだしだよ　まけとくよ

 エコの目ネコの目カラスの目

秋風がふくとエノコログサやススキがいっせいにお
じぎをして出迎えてくれる大原野の里はもうすっか
り秋の装い……。寄り道やまわり道をすると思いが
けない出会いがあり、いつもハッピーな気持ちに。

熟れたよ熟れた

熟れたよ　熟れた
赤い実　青い実

よりどり　木の実
とりどり　木の実

風味絶佳の　シニセの味よ
賞味期限も　正真正銘
品切れゴメンの　限定販売

いちど　食べたらとまらない
のどごし　ジューシー　やめられない

鳥族一族　ご用達

 エコの目ネコの目カラスの目

大原野の里、西迎寺の傍のモチノキの大木は秋から冬にかけ、たわわに赤い実をつけ鳥のレストランに。小鳥たちは入れかわり立ちかわりおしゃべりしながら実をついばむ。わたしたちも「きき耳頭巾（ずきん）」をかぶり、小鳥たちの会話にひととき仲間入りしてはいかが。

星の子もりうた

一日(ついたち)お月さん　金のゆりかご
父さんいない子　母さんいない子
夢路をたどる
ゆらら　ゆうらり　ゆらり　ゆうらら
ゆらり　ゆうらら　ゆらら　ゆうらり

三日月(みかづき)お月さん　銀のゆりかご
父さんいない子　母さんいない子
夢路をたどる
ゆらら　ゆうらり　ゆらり　ゆうらら
ゆらり　ゆうらら　ゆらら　ゆうらり

星ぼしうたう　子もりうた

 エコの目ネコの目カラスの目

虐待や貧困などで、日本のこどもたちの幸福度が、他の先進国に比べて年々下がっているように思います。ロシアのウクライナ侵攻や世界中で起きている民族紛争の戦火が一日も早く終わり、こどもたちの花のような笑顔が、地球上にあふれますように。

葉ッパで　バッハで　葉ッパッパ

秋風ふけば　ラクサイ紅葉（こうよう）　ラクサイ黄葉（こうよう）

メイクアップで　葉ッパはおめかし

ドレスアップで　葉ッパはおめかし

風が葉ッパに　「シャル・ウイ・ダンス？」

♫

　　　葉ッパで　バッハで　葉ッパッパ

　　　葉ッパで　バッハで　葉ッパッパ

　　　　　　　　　　　　　　　　♫

おどりあかそう朝（あした）まで

おどりあかそう朝（あした）まで

🐦 エコの目ネコの目カラスの目

洛西ニュータウンのそれぞれの大通りには、珍しい広葉樹の並木があり、秋の紅黄葉はすばらしく、区外からも多くの人が訪れる。

柿の葉人形

柿の木は美しく紅葉した葉を
散り敷いていた
「 おすきなだけどうぞ 」というように

その夜
拾いあつめた柿の葉一枚一枚を
心ゆくまで眺め朽ちる寸前の色合いに
息をのむ

幼な心にかえり柿の葉で人形を作った
木の実を顔に見立てて……

日が経つにつれ
人形たちがまとっていた柿の葉の衣は
パリコレの衣装のようになり
顔の表情もナゾめいた笑みをふくんだ
ものに変わっていた

 ### エコの目ネコの目カラスの目

富有柿の産地でもある洛西ニュータウンの西長
地区。柿狩りは町内の秋の行事のひとつだった。
わたしは柿狩りより紅葉した柿のおちばにもう
夢中……。拾い終えるといつも柿の木に「 あり
がとう 」と言っていた。そんな思いが通じたの
だろうか。

my 秋の七草

カラスウリ

ヒヨドリジョウゴ

アワダチソウ

カガリ（ヒガンバナ）

ノブドウ

エノコロ

ノギク

ちいさい秋　見いつけた！

 エコの目ネコの目カラスの目

秋の大原野の里を散策すれば思いがけない自然との出会いがあり、ウツウツした気分はどこえやら。「わたしの秋の七草」が見つかればもう最高！万葉歌人も秋の七草を詠みました。

萩の花　尾花（ススキ）　葛花　瞿麦の花
女郎花　また藤袴　朝貌の花　（山上憶良）

メリークリスマス

神のみ子の　イエスさま
ベツレヘムの　うまごやで
こよいうまれた　イエスさま

ことりはうたう　ハレルーヤ
野の花うたう　ハレルーヤ

世界のひとびと　いわいます
メリー　メリー　クリスマス

 エコの目ネコの目カラスの目

街中を 2km ほど続くナンキンハゼ並木。紅葉の時期がおわり裸木になる頃、枝先についた黒皮がはじけ純白の実が顔を出す。冬晴れの青空をバックに、近づくクリスマスを祝うかのようにホワイトツリーに。

註：蝋を含んだナンキンハゼの白い実はクリスマスの
　　リースの素材に。

お正月さん　ござった　ござった

お正月さん　ござった　ござった

北風(かぜ)にのって　ござった
雪にのって　ござった
西山(やま)から　ござった

小畑川(かわ)で　身をきよめて
カミシモ　ととのえて

お正月さん　ござった　ござった
かど松たてて　おむかえしょ

ハアー
めでたやなあ
めでたやなあ

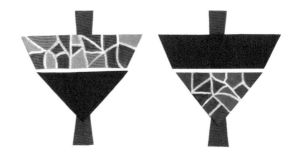

 ## エコの目ネコの目カラスの目

何年前だったか、大みそかから雪が降り積もり、溶けぬ間にと新林池公園、大蛇ケ池公園、小畑川をまわり雪景色を夢中でカメラに収めた。元旦の雪化粧した西山の姿に新しい年がきたのだと身の引きしまる思いだった。

洛西ブランド春の七草

ケリ　ケリ　ケリの貴婦人は

大原野の里　タネまいた

七日七夜で　タネまいた
(なのかななや)

セリ

ナズナ

ヨモギ

ハコベラ（ハコベ）

タンポポに

スズナ（カブラ）

スズシロ（ダイコン）加えれば

これぞ今様　洛西ブランド春の七草

♬　トトント　トント　トトントトン

七草がゆで　無病息災　♬
(そくさい)

七草
___
セリ・ナズナ・ゴギョウ・ハコベラ・
ホトケノザ・スズナ・スズシロ

 エコの目ネコの目カラスの目

正月七日、七草がゆの日が近づくと摘み草の好きな人たちと西長町や大原野の里に出かける。セリ・ナズナ・ハコベラはすぐ見つかるがゴギョウ・ホトケノザは見つけにくく、ヨモギ・ヨメナ・タンポポなどで代用。運動不足解消と気分転換も出来て、一石二鳥にも三鳥にも。

※　有毒な野草にくれぐれもご注意。

まちぼうけ　まちぼうけ

ヒヨヒヨヒヨドリ　ピヨートル大帝
ツンツンツバキの　ツバキ姫に
ダンスのおあいて　もうしこむ
「シャルウイダンス？」「お手をどうぞ！」

ツンツンツバキの　ツバキ姫
エステにむちゅうの　ツバキ姫
ドレスアップの　ツバキ姫
ダンスのおあいて　しばらくおあずけ

まちぼうけ　まちぼうけ
ヒヨヒヨヒヨドリ　ピヨートル大帝

のどかにくれゆく　冬日和(ふゆびより)

 ## エコの目ネコの目カラスの目

洛西ニュータウンの公園や緑道にはヤブツバキを
始め多種の椿があり、花ミツを吸う野鳥のあいら
しいしぐさについ見とれてしまいます。大原野の
の里のＮさん宅の珍しい椿や新種の椿の花を観賞
させていただき、ますます椿の美しさや種類の多
さに気づかされています。

星空をとりもどそう！

みあげてごらん　冬の星空を
星空は天然のイルミネーション

頭上のはるか彼方　天の川に粉雪まい
オリオンは鼓（つづみ）をうつ
わたり鳥は　星や月の光をたよりにとぶ

みあげれば　オリオンの二つの一等星
ベテルギウスとリゲル
そのまわりをアルデバラン・カペラ・
ポルックス・プロキオン・シリウスの
五つの一等星がかがやく

「冬のダイアモンド」と名づけられた
七つ星の宝石箱

冬空にしかみられない極めつけの星ぼし
星空は天然のイルミネーション
いま地上には　人工の光があふれている

光害（ひかりがい）を少なくし　星空をとりもどそう！

 エコの目ネコの目カラスの目

満天の星空や天の川が見たくて私は夫と15年間、
兵庫県佐用町の大撫山に建つ西はりま天文台に
通った。直径2ｍの望遠鏡「なゆた」で億光年先
の星々を観たあと、天文台のテラスから満天の星
や天の川を見るワクワク感が忘れられない。
佐用町では光害を少なくして「星空の町　ダーク
スカイ」を実現。こんな取り組みが各地で増えた
らいいな。

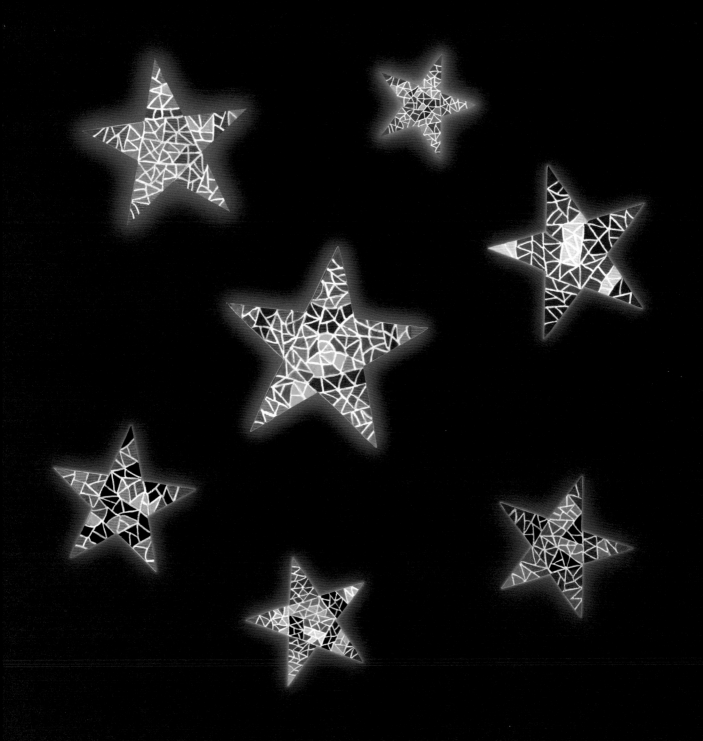

ともだち100人できちゃった

雑木林の　葉っぱおとした　裸木(はだかぎ)の
葉痕(ようこん)のカオ　おもしろや
冬芽の下に　カオ　カオ　カオ

やんちゃ坊主に　ハンサムボーイ
ポーカーフェース　とがりガオ
にこにこガオや　ブサカワもいて

個性ゆたかな　カオ　カオ　カオ

「こんちは」「オッス！」とハイタッチ

ともだち100人　できちゃった

 ## エコの目ネコの目カラスの目

造成時に多種の樹木が植えられた洛西ニュータウン。トチノキ、シンジュ、オニグルミなどの冬芽の下に人のカオが現われ、おもわず「オッス！」とあいさつ。心が暖かくなること受け合い。

暖か帽子のファッションショー

つめたい北風　なんのその

冬の芽たちの

暖か帽子のファッションショー

モダンなデザイン　パリ・ミラノ発

ハクモクレンは　フワウマ白の雪帽子

ドウダンツツジは　まっ赤なベレー

アオギリ　シックなフェルト帽

お手入れかかさぬ　トチノキの

革の帽子は　ピッカピカ！

つめたい北風　なんのその

冬の芽たちの

暖か帽子のファッションショー

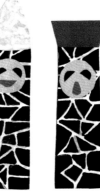

 エコの目ネコの目カラスの目

葉ッパをおとした裸木をよく見ると、いろんな発見があるよ。冬芽たちはオシャレな帽子をかぶり寒さに耐えて春を待っているんだね。

スズメスズメ　お宿はどこだ

みつけた　みつけた　スズメのお宿
町中の　大木クスノキ（たいぼく）　スズメのマンション

ゆうぐれどきは　いっせいに
スズメご帰館　クスノキマンション

枝えだに　スズメ鈴なり　鈴なりスズメ

クスノキマンション　全館満室
情報交換　井戸ばた会議

チイチイパッパ　チイパッパ
チイチイパッパ　チイパッパ

スズメの千声（せんこえ）　すさまじや

しゃべりつかれた　千羽のスズメ
夢路をたどる

スーパームーンの　青光（ひかり）を浴びて

 エコの目ネコの目カラスの目

新林池公園の竹林をねぐらにしていたスズメたちがカラス軍団に追いだされ、それっきり姿を消してしまった。舌きりスズメのおじいさんになって長年さがしていたら、いた、いた、いたよ町なかの大木クスノキマンションに……。

木もれ日ガーデン

足をふみいれると
ここは　ワンダーランド

苔むした木のベンチやテーブルも
ま女たちの手にかかると
たちまち「木もれ日ガーデン」と
名づけたホットスポットに……

テーブルに野の花を盛り
持ち寄った料理に笑顔がはじける

ゲームやダンス　音楽会に興じ　淹れたての
コーヒーの香がただよう頃　宴は佳境に

川そうじや災害支援活動を重ね
わたしたちの　絆は深まってゆく

「木もれ日ガーデン」がいま、熱い！

 エコの目ネコの目カラスの目

主婦が中心となり長い年月、ボランティアの災害
支援バザーやホタル舞う川を実現。駆け足の高齢
化社会に向け、会員同士の助け合いの絆がいっそ
う深まることをねがっています。

西山ニッシーにしえもん

朝　窓の向こうに　西山がすわっている
太陽は　とっておきのバラ色の光で
西山をだきしめる

40年余　かおを合わせている西山とわたし
「おはよう　西山ニッシーにしえもん」

たそがれ時
いっきに押し寄せる　群青のしじまに
西山の黒ぐろとした巨体は
恐竜となってよこたわる

太古　西山は恐竜だったのだろうか

高速道路が開通し　車の排ガスをあびながら
多くのいきものの　いのちを育む西山

西山を見まもるように　今夜も星ぼしが
ひときわ　あかるくかがやく

「おやすみ　西山ニッシーにしえも〜ん」

 エコの目ネコの目カラスの目

まいにち西山とかおを見あわせていると、いつのまにかともだちのような気持に。わたしたち人間も西山に見まもられているんだという思いがして、あいさつするとわたしの心もほっこりしてくるのです。

あとがき

息子たちの遊び場だった新林池公園はわが家の目の前にあり、夫の退職後はわたしたち夫婦の遊び場（?）になりました。

当時はやり出したデジタルカメラをもって、さっそく二人は池公園へ。ラッキーなことに初日からカワセミと鉢合わせ!!　ふるえる手でシャッターを押したらウ・フ・フ・フ・フ。カワセミの生態がバッチリ！　これぞ神さまからの贈物と池公園の宝さがしにのめり込みました。

以来16年間、小さな池公園の中の多くの生き物の多様な姿を地域のみなさんに伝えたいと、二人三脚で「池公園新聞」を作り、60号まで続けることができました。多くの人に支えられて来たことを感謝いたします。

また夫のパソコン術がなければ、これまでの絵本や新聞の完成はなし得ませんでした。改めて「ありがとう」

池公園新聞は以下のサイトで閲覧可能です。
https://rakusai-nature.com/ikeNP/

みかみ さちこ（三上 祥子）

神戸市生まれ。現在京都市洛西ニュータウン在住。
地域の四季折々の自然をホームページや個人で発行の「池公園新聞」で紹介。
拾い集めた落葉や、木の実を用いた落葉アートを楽しむ。
それらを使った絵本を創作し刊行。

『葉ッパでバッハでハッパッパ』海青社（2007年）
『西はりま天文台には宇宙人がいた』海青社（2020年）

URL　　　https://rakusai-nature.com
E-mail　　show-m@rakusai-nature.com

Raska the Crow is Out of the Nest
by Sachiko MIKAMI

カラスのラスカはスからでて

本書のHP

発 行 日	——— 2023 年 11 月 25 日　初版第 1 刷
定　　価	——— カバーに表示しています
著　　者	——— 三 上　祥 子
発 行 者	——— 宮 内　　久

海青社
Kaiseisha Press

〒520-0112　大津市日吉台2丁目16-4
Tel. (077) 577-2677　Fax (077) 577-2688
https://www.kaiseisha-press.ne.jp/
郵便振替　01090-1-17991